中華民族印譜

劉一聞署

上海博物館 編

上海書畫出版社

前言

上海博物館研究館員劉一聞先生，是當代中國著名的篆刻藝術家，也是海上藝壇的代表人物，自上世紀八十年代起，即以清雋秀雅的篆刻風格馳譽印壇，爲識者所激賞。

國慶六十周年之際，劉一聞先生傾力創作了以中華民族五十六個兄弟民族族名爲題材的篆刻巨製——《中華民族印譜》。全套作品由五十七枚印章組成，既有强烈而統一的個人風格，又各具面目而氣象萬千，成功地運用篆刻這門古老的傳統藝術表現出中華民族大家庭和而不同、美美與共的壯麗景象。

十年過去了，這套珍貴的篆刻作品日益顯露出不凡的藝術價值和社會意義。今值中華人民共和國七十華誕，我們特將印譜編輯印行，以此祝福偉大祖國如金石之壽，祝願民族大團結似金石之堅！

編者　二〇一九年九月

一九四九年出生于上海，山東日照人。師承蘇白、方去疾、方介堪、謝稚柳諸前輩。二十世紀八十年代嶄露頭角，九十年代起歷任國家級書法、篆刻大展評審委員。二〇〇五年在山東臨沂『王羲之故居』建立『劉一聞藝術館』。二〇一五年榮獲全國第五屆書法蘭亭獎藝術獎。二〇一六年在上海成立『劉一聞大師工作室』。

出版物有《劉一聞印稿》《劉一聞作品》《劉一聞書畫》及《一聞藝話》《一聞藝論》等二十餘部。現爲文化部中國藝術研究院書法、篆刻藝術院研究員，及西泠印社理事、上海市書法家協會顧問、上海市文史研究館館員、上海市文物鑒定委員會委員、上海博物館研究員。

中華民族印譜

中華民族印譜

阿昌族

雲南　三萬三千九百多人　農耕　善鍛打刀具　多信小乘佛教　原始宗教

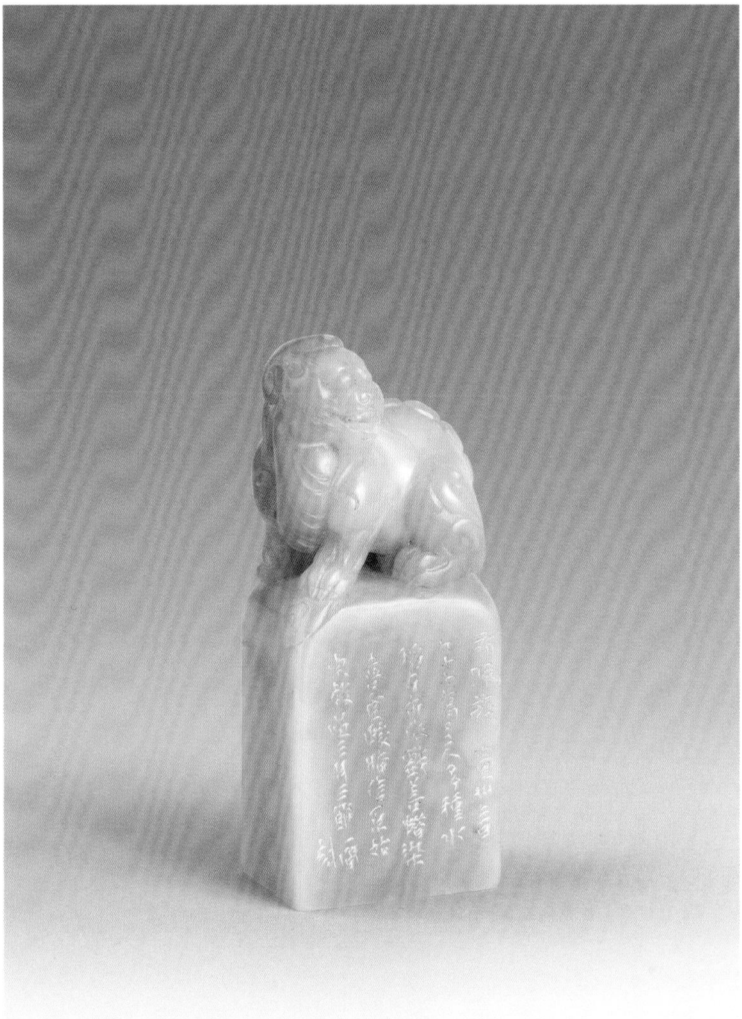

布依族

貴州　二百九十七萬多人　多種水稻　有布依戲　善蠟染　喜食酸醃　信原始宗教　過三月三節

布依族 貴州二百
九十七萬五人多種水
稻有布依戲

布朗族

雲南 九萬多人 山居 農耕 并善種茶 多住干欄 信原始宗教 小乘佛教

保安族

甘肅等　一萬六千五百多人　農耕　刀具有名　喜飲麥茶　禁食猪肉等　多信伊斯蘭教
并過其節日

白族

雲南　一百八十六萬多人　有白文　農耕兼林牧副漁及商業　居地盛産大理石　信本主

大乘佛教　過火把節

白族

白族
火把節

朝鮮族

吉林等　一百九十二萬多人　有朝文　農耕兼營林漁及餐業　衣尚白　女着短衣長裙　善歌舞　喜食冷面狗肉及泡菜　信原始宗教　大乘佛教。

朝鮮族

東鄉族

甘新等　五十一萬多人　農耕　并有牧手工業等　面食爲主　喜飲茶　禁食猪肉等　多信伊斯蘭教并過其節日

侗族

黔及湘桂　二百九十六萬多人　多山居　農耕兼林業等　多住干欄　喜食酸辣　有侗戲侗錦　風雨橋鼓樓　信原始宗教　過侗年

侗族

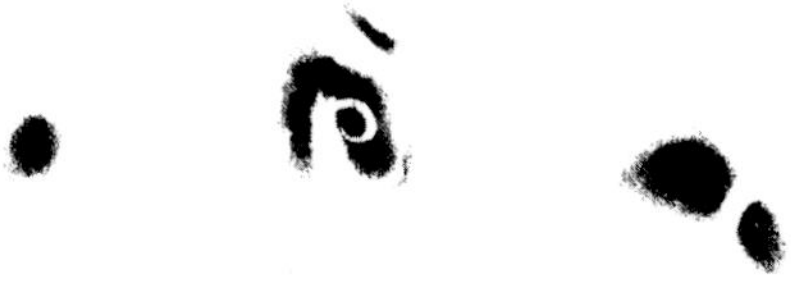

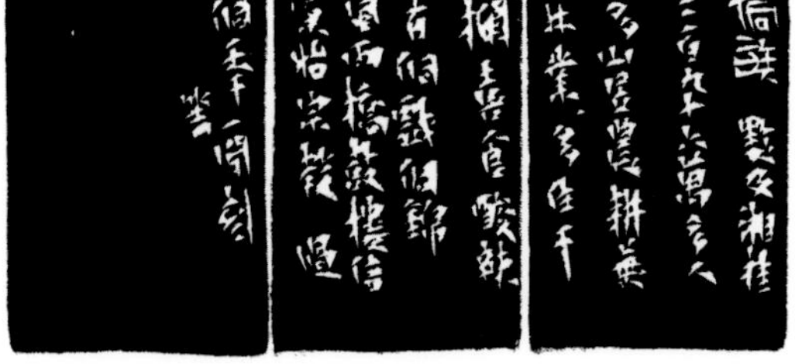
侗族 黔及湘桂
三百九十六萬多人
多山居農耕兼
林業，多住干
欄 喜食酸辣
有侗戲侗錦
風雨橋鼓樓信

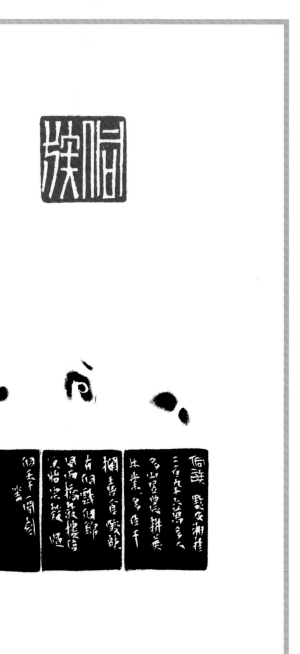

傣族

雲南　一百十五萬多人　有傣文　曆法　依水居　多住干欄　善種水稻　西雙版納曾長期保持農奴制和土司制　男文身　女筒裙　有傣錦　多信小乘佛教　過潑水節

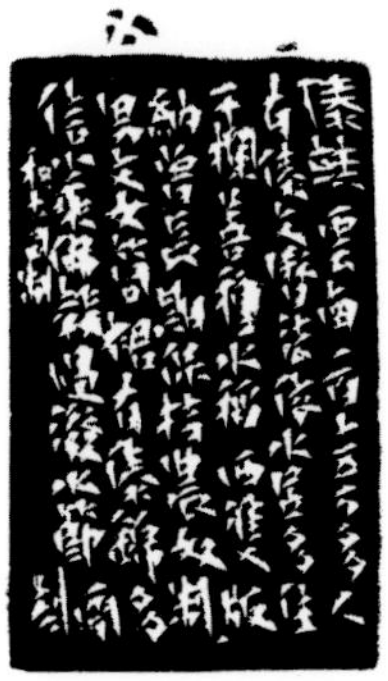

德昂族

雲南　一萬七千多人　山居　旱地農業爲主　并善種茶　有干欄　水鼓　女纏藤腰箍　多信小乘佛教

德昂族

獨龍族

雲南　七千四百多人　農耕兼採集漁獵　有天梯　溜索　女曾文面　主要信原始宗教

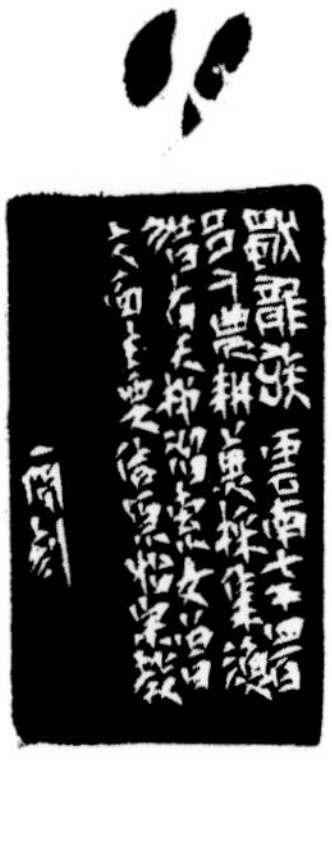

達斡爾族

內蒙古黑等 十三萬多人 農耕兼牧獵等 曾有滑雪板 善製大輪車 愛打曲棍球 信薩滿教

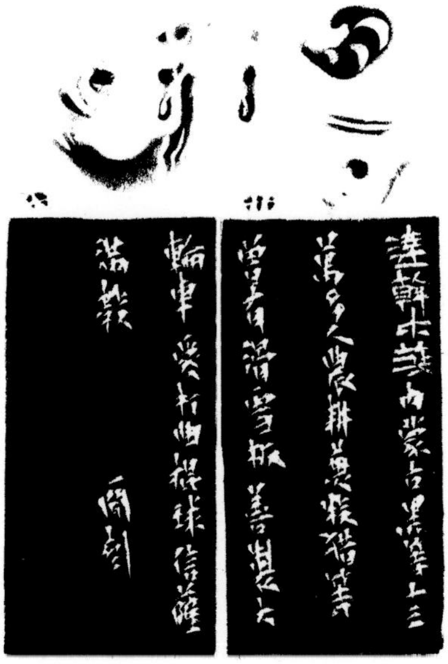
達斡爾族內蒙古黑龍江上三
萬多人農耕漁獵爲業
曾有滑雪板善製大
輪車愛打曲棍球信薩
滿教

俄羅斯族

新內蒙古等　一萬五千六百多人　知識工農界均有　面食　多信東正教　過聖誕節

鄂倫春族

黑內蒙古　八千二百多人　曾游獵　現爲農牧業　曾住仙人柱　使樺皮船　多信薩滿教

鄂温克族

内蒙古黑等　三萬多人　山居　農牧及狩獵　曾住仙人柱　使滑雪板　飼養馴鹿　信薩滿教　藏傳佛教及東正教

仡佬族

貴州　五十七萬多人　農耕　善織染　有採礦煉鐵　曾有鑿齒俗　信原始宗教　過仡佬年

高山族

臺灣　四十五萬多人　有十四個族群　高山盆地河谷均有　農耕兼漁獵　有穿耳除體毛

拔齒染齒文身文面俗　信原始宗教　大乘佛教　天主教　新教

哈尼族

雲南　一百十四萬多人　山居　善種梯田及經濟作物　擅織染　信原始宗教　過十月年

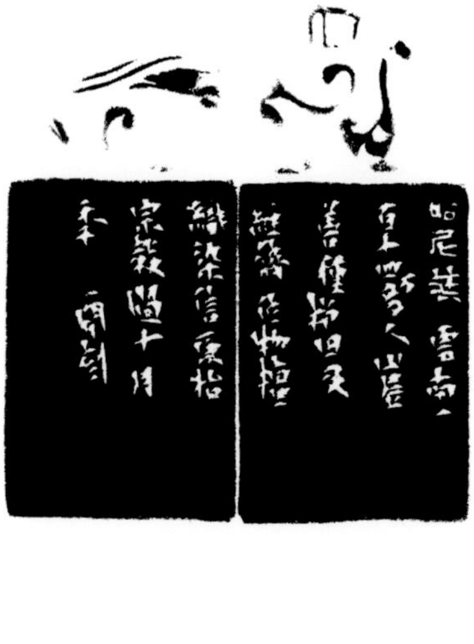

哈薩克族

新疆 一百二十五萬多人 有哈文 木業爲主 牧區曾長期保持游牧宗法封建制 多住氈房 食肉奶及面 禁食猪肉等 有樂器冬不拉及叼羊姑娘追活動 多信伊斯蘭教并過其節日

哈薩克族

回族

寧甘等 九百八十二萬多人 有回曆 農牧手工及商業 男戴小白帽 婦女蓋頭 禁食猪肉血液及自死物 多信伊斯蘭教 過開齋節等

漢族

全國各地 十二億多人 我國主體民族 有漢字 中醫 指南針造紙法印刷術及火藥等發明最早 曾建漢唐等多個王朝 信多種宗教 過春節等

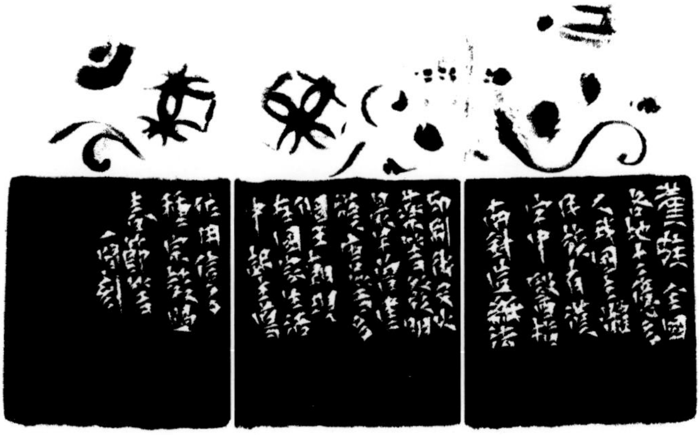

赫哲族

黑龍江 四千六百多人 捕魚兼狩獵 曾着魚皮和使犬滑雪板 信薩滿教

京族

廣西 二萬二千多人 曾有喃字 漁業兼農耕 多信道教 佛教

京族

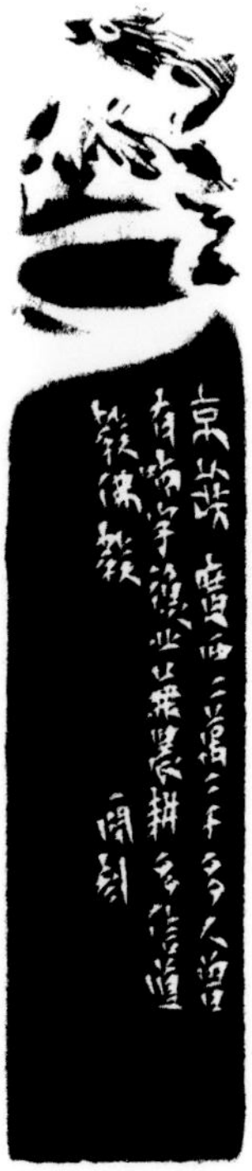
京族 廣西二萬二千多人曾
有喃字漁業農耕多信道
教佛教

基諾族

雲南　二萬多人　山居　農耕兼種茶等　曾文身　女染齒　信原始宗教

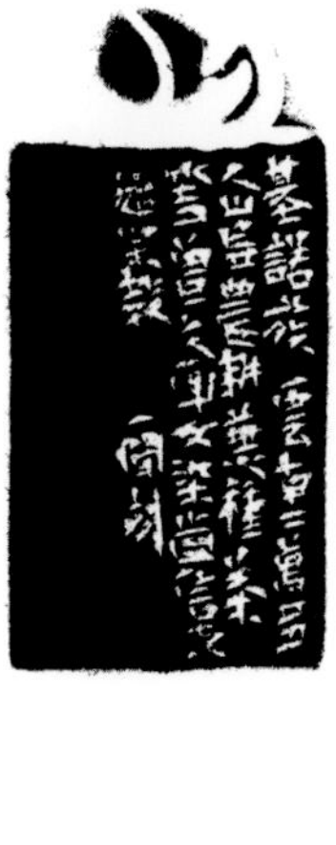

景頗族

雲南 十三萬多人 有景頗文 山居 農耕 曾有山官制 多住干欄 女着筒裙 喜戴銀飾 多信原始宗教 過目腦節

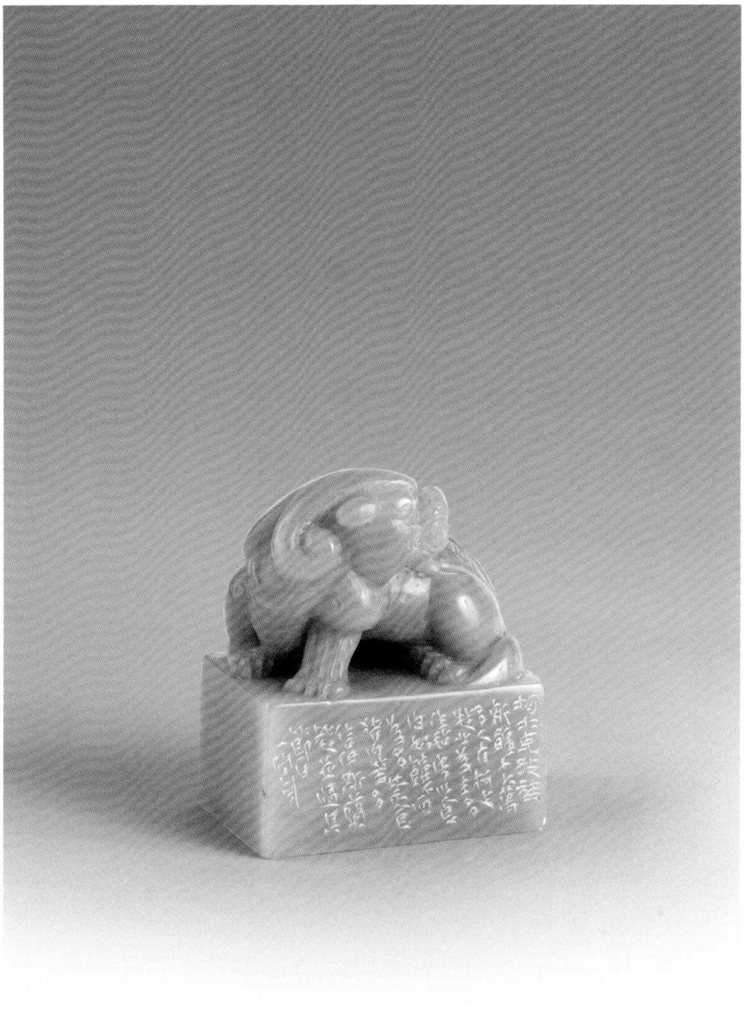

柯爾克孜族

新疆 十六萬多人 有柯文 牧業爲主 多住氈房 以食肉奶饢面爲多 禁食猪肉等 多信伊斯蘭教并過其節日

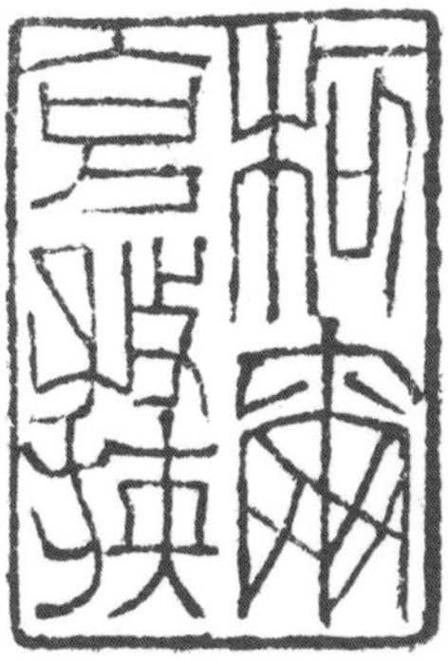

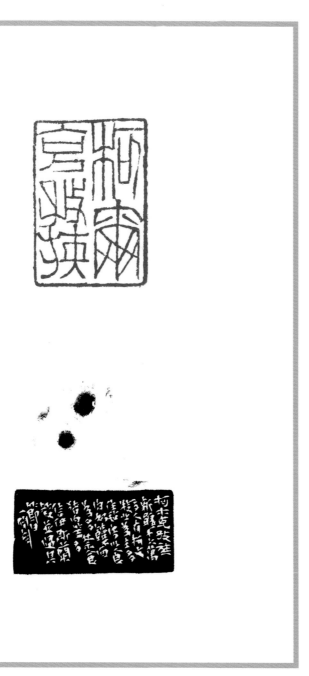

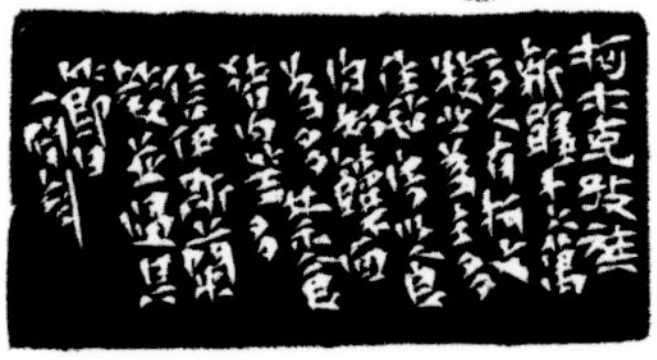

傈僳族

滇川　六十三萬多人　曾有傈僳文　山居　農耕兼採獵　信原始宗教和基督教新教　天主教　過火把節

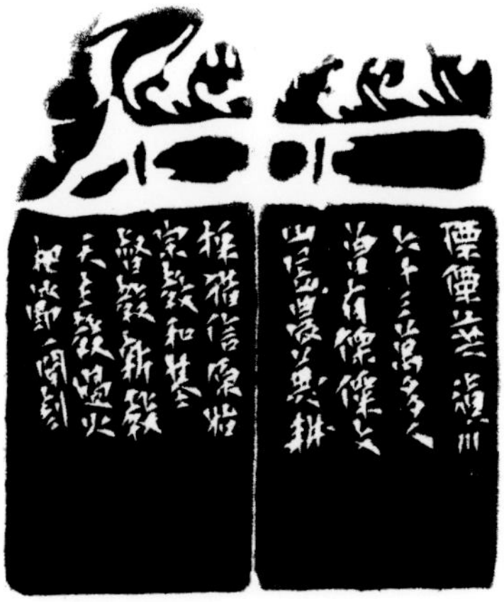

拉祜族

雲南　四十五萬多人　多山居　農耕　産茶　有干欄　信原始宗教和佛教　基督教新教
天主教　過大小年

珞巴族

西藏　二千九百多人　山居　農耕兼採獵　嗜辣　住干欄　信原始宗教

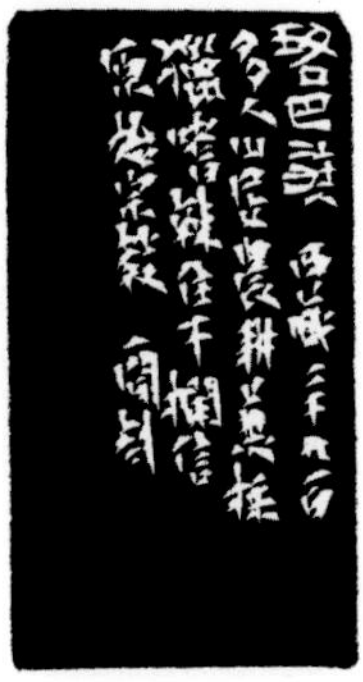
珞巴族 西藏二千九百
多人山居農耕兼採
獵嗜辣住干欄信
原始宗教 甫刻

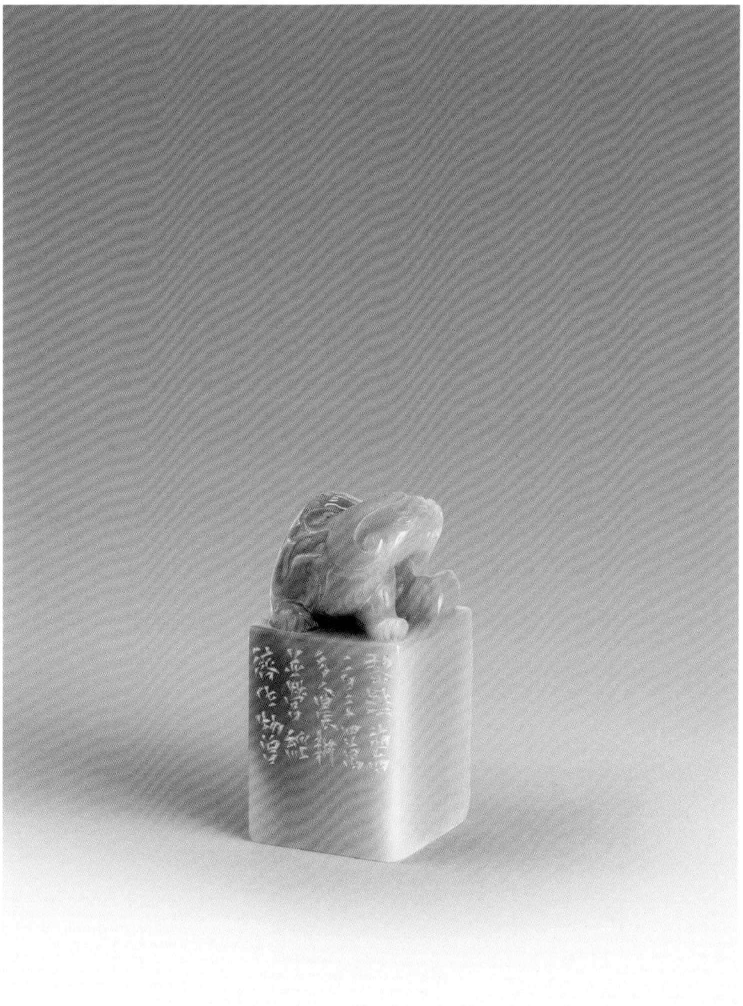

黎族

海南　一百二十四萬多人　農耕并營經濟作物　曾有住船式干欄　有黎錦　女曾文面文身　多信原始宗教　過三月三節

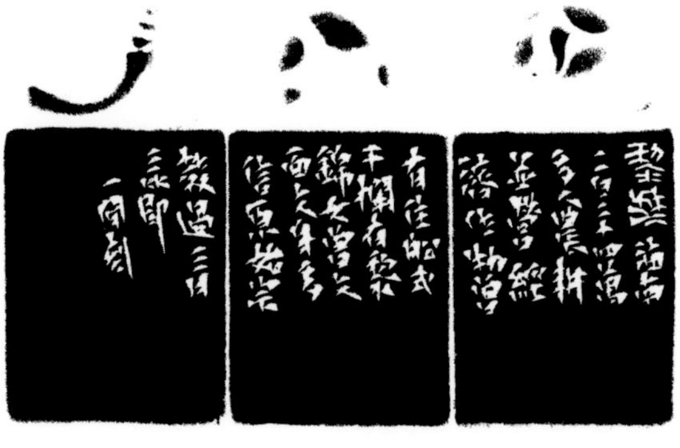

仫佬族

廣西 二十萬多人 農耕并採煤 喜酸辣 多走坡活動 信原始宗教 道教 大乘佛教

仡佬族

苗族

黔及湘滇渝等　八百九十四萬多人　有苗文　山居　農耕爲主　善蠟染　有苗錦　女多銀飾　主要信原始宗教　過苗年

門巴族

西藏　八千九百多人　山居　農耕兼採集漁獵　住石屋干欄　着藏袍　信藏傳佛教　本教

門巴族 西藏八千九百多人
山居農耕兼采集漁獵

滿族

遼冀黑等　一千零七十萬多人　曾有滿文　建過清朝　農耕　有旗袍　名點薩其瑪　信薩滿教

毛南族

廣西　十萬多人　農耕并善手工業　有儺舞　信原始宗教　道教

蒙古族

内蒙古及吉冀新等　五百八十二萬多人　有蒙文　醫學　曾建元朝　有盟旗制　牧半牧及農耕　穿蒙古袍　牧區住蒙古包　嫻于騎射摔跤　喜飲馬奶子　有馬頭琴　多信藏傳佛教　舉行那達慕大會

蒙古族

納西族

雲南　三十萬多人　曾有東巴哥巴文　農耕兼畜牧手工及商業　信東巴教　藏傳佛教

過火把節

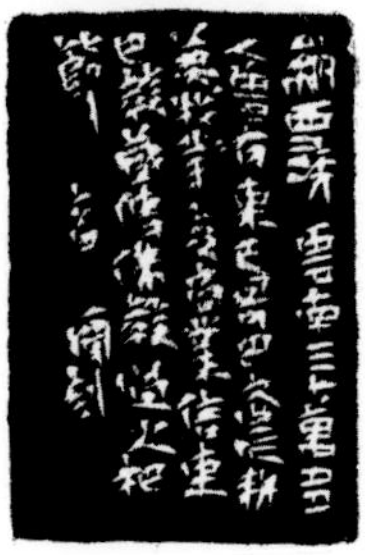

怒族

雲南 二萬八千多人 山居 農耕 多住干欄 信原始宗教 藏傳佛教及天主教 基督教 新教

普米族

滇川 三萬三千六百多人 山居 農耕兼牧商業 喜食糌粑喝酥油茶 信原始宗教 藏傳佛教

羌族

四川　三十萬多人　農耕兼牧業　有羌笛羌綉及碉樓　信藏傳佛教原始宗教　過羌年

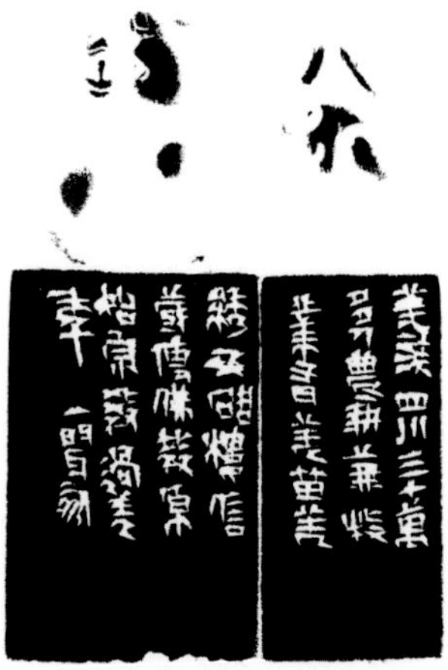

畲族

浙閩等 七十一萬多人 山居 農耕爲主 重武術 有多重信仰 以盤瓠崇拜爲突出

撒拉族

青甘　十萬多人　農耕兼牧業　男戴圓帽　女蓋頭　喜飲茯茶麥茶　禁食猪肉等　多信伊斯蘭教并過其節日

水族

黔桂　四十萬多人　有水書　曆法　山居　多種稻　喜食酸辣　信原始宗教　過端節

土族

青海等 二十四萬多人 農耕 并有牧業 面食 喜食手抓羊肉 多信藏傳佛教

土家族

湘鄂黔及渝等　八百零三萬多人　農耕　歷史上歌謠詩歌頗有名　有土家錦　信原始宗教　大乘佛教　道教　過土家年

土家族湘部
縣及湖北省
（恩施昌多人
豐縣歷歷上

歌謠謎歌如
有名有土家
錦信原始宗
笑人飛神鼓

道教過上家
丰雨刻

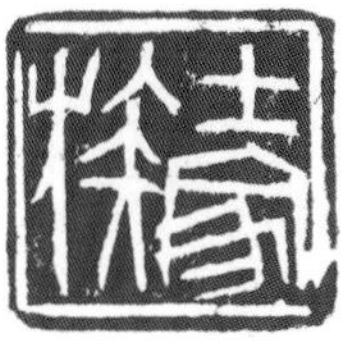

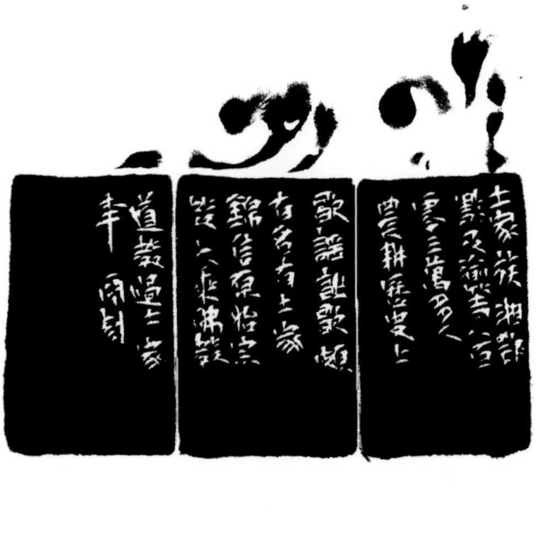

塔吉克族

新疆　四千一百多人　農牧兼狩獵及副業　牧民多食肉奶　農民面食爲主　禁食猪肉等
多信伊斯蘭教并過其節日

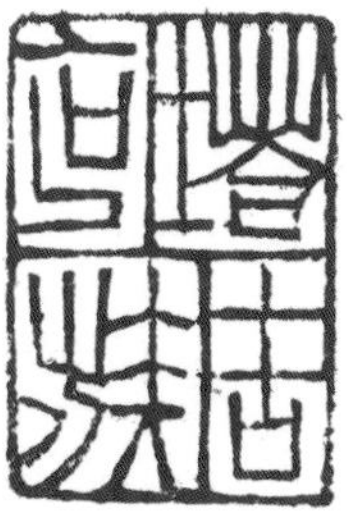

塔塔爾族

新疆　四千八百多人　農耕商業　喜食抓飯饢及餡餅　禁食猪肉等　多信伊斯蘭教并過其節日

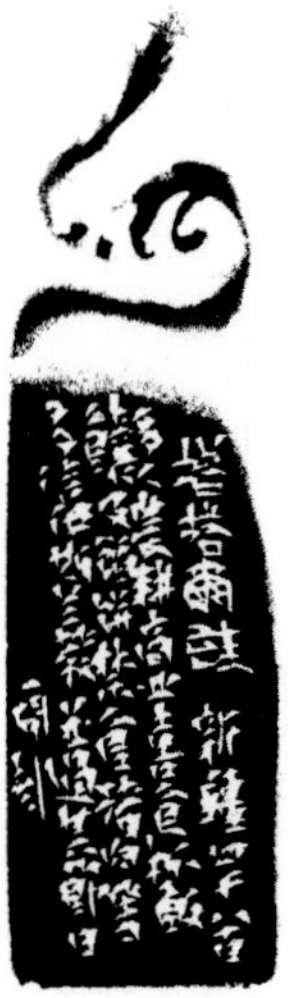

烏孜别克族

新疆　一萬兩千多人　農牧商業均有　牧區住氈房　喜食饢面及抓飯　禁食猪肉等　多信伊斯蘭教并過其節日

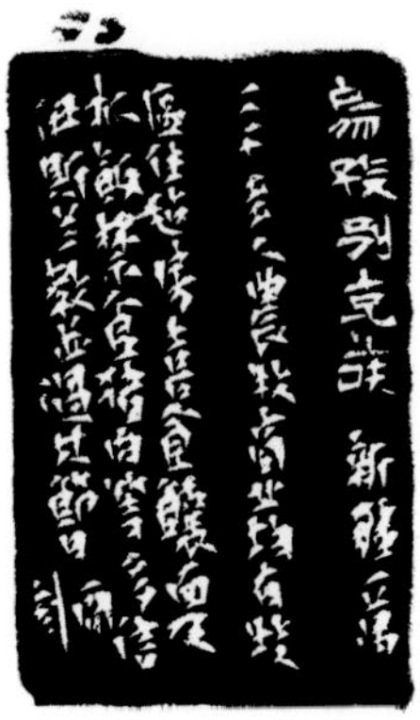
烏孜別克族 新疆一萬
伊斯蘭教並過此節日

佤族

雲南　三十九萬多人　旱地農耕爲主　多住干欄　喜嚼檳榔　女筒裙　有神器木鼓　主要信原始宗教　過新米節

維吾爾族

新疆　八百四十萬多人　有維文　醫學　農耕兼營園藝手工與商業　有坎兒井　喜食饢
抓飯　禁食猪肉等　男長袍　女連衣裙　有古樂十二木卡姆樂器熱瓦甫　能歌善舞　多
信伊斯蘭教并過其節日

維吾爾族

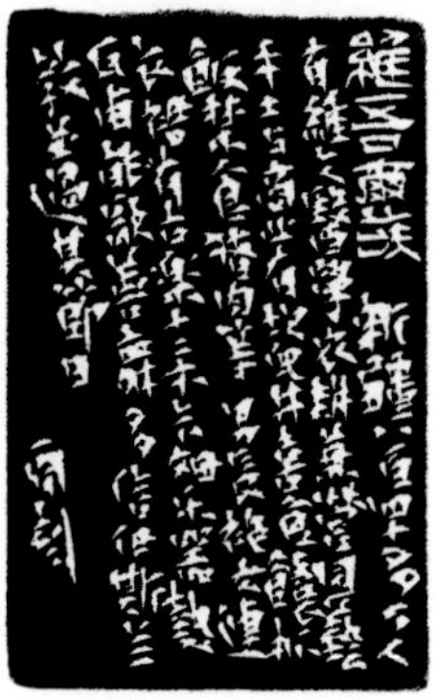

錫伯族

遼新　一萬八千多人　新疆的有錫伯文　農耕　信原始宗教　薩滿教　藏傳佛教

彝族

滇川黔　七百七十六萬多人　有彝文　農耕爲主　川滇凉山曾長期保持奴隸制和家主制

現穿披衫披氈　女着百褶裙　主要信原始宗教　過火把節

瑶族

桂湘粵滇等 二百六十三萬多人 多山居 農耕兼林業 善蠟染 信原始宗教 過盤王節

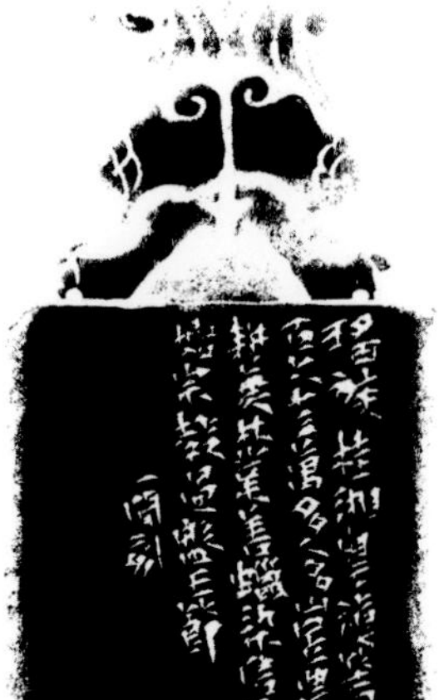

裕固族

甘肅　一萬三千多人　牧業爲主　曾多住帳篷　多食酥油糌粑乳製品及面食　禁食猪肉等　多信藏傳佛教

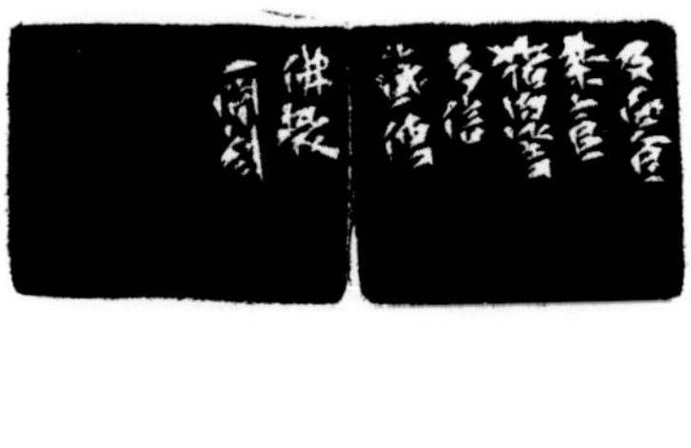

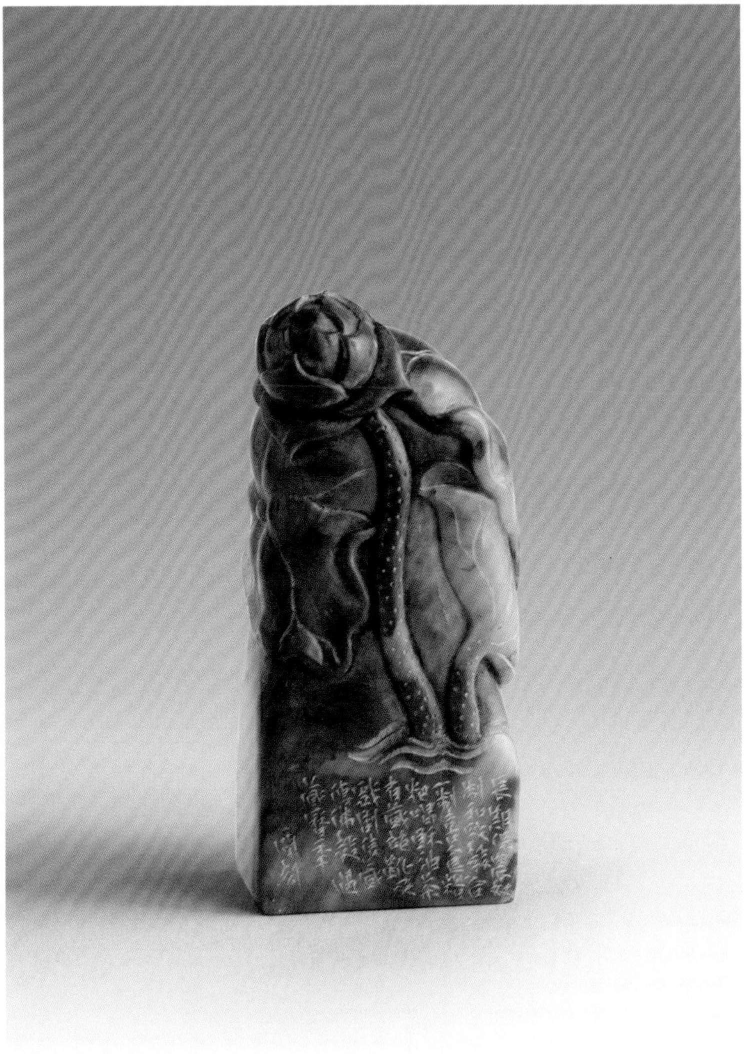

藏族

藏及川青滇 五百四十二萬多人 有藏文 曆法 醫學 農牧業 西藏等地曾長期保持農奴制和政教合一制 喜食糌粑喝酥油茶 有藏袍靴及戲劇 信藏傳佛教 過藏曆年

藏族

壯族

桂滇等　一千六百十八萬多人　有方塊壯字　農耕兼營經濟作物及手工商業　有壯戲壯錦　多住干欄　有銅鼓　信原始宗教　道教　過歌節

圖書在版編目(CIP)數據
劉一聞中華民族印譜 / 上海博物館編. -- 上海：
上海書畫出版社, 2019.9
ISBN 978-7-5479-2187-6
Ⅰ. ①劉… Ⅱ. ①上… Ⅲ. ①漢字—印譜—中國—現
代 Ⅳ. ①J292.47
中國版本圖書館CIP數據核字(2019)第195383號

劉一聞 中華民族印譜

上海博物館 編

責任編輯　王　彬
審　　讀　陳家紅
裝幀設計　王貝妮
圖文製作　包衛剛
技術編輯　包賽明

出版發行　上海世紀出版集團
上海書畫出版社
地址　上海市延安西路593號 200050
網址　www.ewen.co
www.shshuhua.com
E-mail　shcpph@163.com
設計製作　上海維翰藝術設計有限公司
印刷　上海安楓印務有限公司
經銷　各地新華書店
開本　889×1194　1/16
印張　7.5
版次　2019年9月第1版　2019年9月第1次印刷

書號　ISBN 978-7-5479-2187-6
定價　198.00圓